INSPIRIERT DURCH
EINE WAHRE BEGEBENHEIT

(Bild von Aleksandra Gonet-Vollmer)

Das Leben eines Kindes in der Sackgasse

Der Platz vor dem Campanile del Duomo di Messina ist zu dieser Uhrzeit menschenleer. Es ist dunkel und die Nacht sehr kalt für sizilianische Verhältnisse. Der Dom ist

noch immer nicht wieder ganz hergestellt, nachdem er bei einem Bombenangriff der Deutschen sehr gelitten hat. Es ist der 29. Dezember 1946 - 3.05 Uhr morgens. Gina hält ein Bündel im Arm. Sie hat den Auftrag, den neugeborenen Jungen ihrer jüngeren Schwester Lucia vor den Dom zu legen. Er ist angezogen und in eine warme Decke gepackt. Gina trägt ihn in einem Weidenkorb fest unter ihrem Umhang. Der Arm schmerzt schon, weil sie den Weidenkorb fest an ihren Körper presste. Sie traute sich nicht einen Wechsel vorzunehmen, um den Jungen nicht aufzuwecken. Ein kleiner Zettel liegt in dem Weidenkorb mit der Aufschrift: Ich heiße Adriano und bin am 29.12.46 um 0.12 Uhr geboren. Vor einer Stunde wurde er noch von seiner Mutter gestillt und mit Weihwasser auf den Namen Adriano getauft und jetzt soll er dort vor dem Dom auf einen der Mönche warten, der um 4.00 Uhr als Erster den Dom betritt, um für die Morgenandacht der Mönche des nahegelegenen Klosters alles vorzubereiten. In der Nähe des Domes befindet sich auch das Nonnenkloster der Don Bosco Schwestern, die das Waisenhaus in Messina betreuen. Dort wäre Gina eventuell entdeckt worden, wenn sie Adriano vor das Tor gelegt hätte und deshalb wählte sie den Dom für die Ablage des Kleinen. Das Nonnenkloster liegt auf einem kleinen Hügel und man kann von dort aus weit in die Stadt hineinschauen.

Gina schaut sich nach allen Seiten um, sie darf auf keinen Fall gesehen werden, damit das seit Monaten gehütete Geheimnis der Familie, nicht durch Unachtsamkeit aufgedeckt wird. Es ist still, kein Mensch und kein Tier sind zu sehen. Sie stellt den Weidenkorb auf einen der Felsblöcke neben dem Eingang zum Dom ab. Tränen laufen ihr über die Wangen, als sie sich schnell davonmacht wie eine Diebin. Sie bekreuzigt sich mehrfach und nimmt den kürzesten Weg nach Hause. Eine gute halbe Stunde muss sie laufen, bis sie wieder zuhause ankommt. Ihre Schwester liegt noch wach in ihrem Wochenbett und weint. Als Gina ihr erzählt, dass sie den Jungen vor den Dom abgelegt hat und sie nicht dabei beobachtet wurde, atmete Lucia mehrfach tief, damit sie nicht einen Schrei ausstieß vor Schmerz. Lucias Mutter Carmilla, die bei der Geburt Hilfestellung geben musste, weil eine Hebamme nicht ins Vertrauen gezogen werden durfte, hatte sich schon zurückgezogen und Lucia in ihrem Schmerz allein gelassen. Die letzten Monate durfte Lucia das Haus nicht mehr verlassen. Sie wurde von der Familie versteckt gehalten. Man erzählte den Nachbarn, dass Lucia zur Tante nach Palermo gefahren sei, um in der Familie auszuhelfen. Die Geburt fand im Keller des Hauses statt, damit kein Laut des

Kindes in der Nachbarschaft vernommen werden konnte. Die Wehen kamen erst sehr langsam und nach mehr als 10 Stunden hatten sie den Zenit erreicht. Noch nie in ihrem Leben hatte Lucia solche Schmerzen erleiden müssen. Sie dachte darüber nach, ob Gott sie mit diesen Schmerzen bestrafen wolle oder ob alle Frauen solche Schmerzen erleiden mussten. Bis der kleine Junge sein Köpfchen zeigte, vergingen noch einige Stunden. Lucia verlor viel Blut und Carmilla hatte große Angst doch noch eine Hebamme oder einen Arzt rufen zu müssen. Lucias Mutter dachte auch immer wieder an die Schmach, die ihre Tochter in die Familie gebracht hatte und verfluchte den Bastard, der ihr das angetan und sich dann auch noch aus dem Staub gemacht hatte. Carmilla hatte vor Wochen schon Weihwasser für die Nottaufe aus der Kirche geholt und schüttete es dem kleinen Jungen über sein Köpfchen. Lucia, Gina und die Mutter sprachen ein kurzes Gebet und tauften den kleinen Jungen auf den Namen seines Vaters. Das war das Einzige, was Lucia durchsetzen konnte. Sie wollte dem Kind, wenn es ein Junge werden würde, den Namen seines Vaters geben. Ein Mädchen hätte sie Adriana genannt. Immer noch verstand Lucia nicht, dass sie für Adriano nur ein Zeitvertreib war. Er war so lang von Zuhause fort, dass er Trost in ihren Armen suchte und auch fand. Da Lucia das Haus nicht mehr verlassen durfte, konnte sie Adriano auch nicht intensiver suchen. Jetzt nach der Taufe drängte die Mutter darauf, dass Adriano schnellstmöglich aus dem Haus gebracht wurde. Das Elend sollte ein Ende haben. Lucia blieb nichts anderes übrig als sich zu fügen, sollte es auch noch so schmerzlich sein. Später sollte sie erfahren, dass die Geburtswehen, die Trennung von ihrem Geliebten und die Trennung von ihrem Sohn, nicht die schlimmsten Schmerzen waren. Die Seele konnte viel schlimmer und dauerhafter schmerzen. Wie ein ständiger Tropfen auf einem Stein ein Loch in den Stein bohrt, so konnte die Sehnsucht nach ihrem verlorenen Sohn ein Loch in ihre Seele bohren.

Der Vater der Mädchen Lucia und Gina hatte, seit er von der Schwangerschaft seiner Tochter Lucia erfahren hatte, kaum noch ein Wort gesprochen. War er doch schon so geplagt durch den Verlust seiner beiden Söhne, die im Krieg gegen die Deutschen gefallen waren. Und jetzt noch diese Schmach, dass Lucia sein jüngstes Kind sich mit kaum 18 Jahren von einem Dahergelaufenen schwängern lässt. Zuerst wollte sie dem Vater nicht den Namen des Kindsvaters bekanntgeben, aber Bernadetto setze sie zu sehr unter Druck und behandelte sie in den letzten Monaten wie eine Aussätzige. Lucia hatte sich in einen Italiener aus dem Norden, der als Soldat in Messina war, verliebt. Sie nahm an, dass er immer zu ihr stehen würde und hätte nicht im Traum daran gedacht, dass er im Norden schon eine Familie gegründet hatte und ihr einen falschen Nachnamen und Wohnort angab. Lucia konnte Adriano in den ihr verbleibenden Wochen, bis ihre Schwangerschaft sichtbar wurde, nicht finden und wenn ihr Vater tätig geworden wäre, wäre in Messina ein Gerücht aufgekommen, was auf jeden Fall vermieden werden musste. Eine ledige Mutter in Sizilien bringt den Ruf der ganzen Familie zu Fall. Lucia musste sich den Forderungen ihres Vaters beugen, ihre Schwangerschaft geheim halten und sich sofort nach der Geburt von dem Kind trennen. Das waren Bernadettos Forderungen. Bernadetto hatte schon genug erlebt und fühlte alte Wunden aufbrechen. Der Tod seiner Söhne im Krieg und vor 38 Jahren, als er seine Eltern bei einem Erbeben verloren hat und als kleiner Junge als zusätzlich zu stopfendes Maul zu seinem Onkel in die Familie musste, hatte tiefe Spuren auf seiner Seele hinterlassen. Am Morgen des 28. Dezember 1908 erschütterte ein schweres Beben die Straßen von Messina. Eine bis zu sechs Meter hohe Tsunami-Welle folgte. Mehr als 100.000 Menschen starben. Viele Kinder kamen in das provisorisch errichtete Waisenhaus der Stadt. Der Kelch ist an ihm vorübergegangen, aber trotzdem hatte er keine leichte Kindheit. Seinen Töchtern hat er immer ein schönes Leben geboten, was er nun so gedankt bekam.

Vier Monate war Lucia in dem Haus gefangen. Was nun werden wird, wenn sie sich wieder in der Nachbarschaft sehen lassen darf, das wusste sie nicht. Der Vater hatte ihr angedroht, sie auf eine Olivenplantage zum Arbeiten zu bringen, wenn sie sich nicht fügt. Der Gutsherr Bercasso suchte eine weitere Hausangestellte, wenn seine Frau das 5. Kind in einigen Monaten zur Welt gebracht hat. Bernadetto hätte den Jungen auch ohne ihr Einverständnis abgegeben. Sein Ruf war ihm wichtiger als sein Enkel, den er nicht als Enkel anerkannte. Er hatte auch nur noch eine Tochter, die andere warf er aus seinem Herzen. Nach Sizilianischer Tradition muss zuerst die älteste Tochter verheiratet werden, erst dann dürfen alle weiteren Töchter in den Stand der Ehe treten. Sogar das hatte Lucia missachtet.

Das Herz war Lucia so schwer. Wenn sie schon nicht mehr ihren Geliebten hatte, so hätte sie doch gern das Kind als Andenken an ihn behalten. Wie gern hätte sie den kleinen Jungen aufwachsen sehen. Auf den ersten Blick sah er seinem Vater so ähnlich. Die Nase war jetzt schon sehr ausgeprägt. Er hatte nicht Lucias kleines Näschen geerbt. Wie sehr hat Lucia ihren Freund geliebt, so dass jetzt bei jedem Gedanken an ihn die Kehle sich zuschnürte und das Herz schmerzte. Ihre Gedanken schweiften immer wieder ab in die Vergangenheit, als beide in einer kleinen Bucht badeten und sich danach leidenschaftlich liebten. Lucia erlebte ihre Treffen immer wie in einem Rausch. Niemals hatte sie so eine Liebe empfunden. Noch immer spürte sie seine Hände, die sanft über ihren Rücken streichelten, spürte seine zarten Küsse im Nacken und hatte den Geruch seiner Haut noch in ihrer Nase. Sein Lachen hörte sie noch immer in ihrem Kopf und seine sanften Augen sah sie oft im Schlaf. Es konnte doch nicht alles eine Lüge gewesen sein. Sie haben von einer gemeinsamen Zukunft in Italiens Norden gesprochen, wie sie wohnen und wie viele Kinder sie haben würden. Adriano hat sie liebevoll Gioia (Meine Freude) genannt und sie ihn Tesoro (Schatz). Alles nur ein Spiel, nur eine Lüge? Immer wieder musste sie ihren Eltern etwas vorlügen, wenn sie Zeit mit ihm verbringen wollte. Nur ihre Schwester Gina kannte ihr Geheimnis, aber niemals hätte Gina gedacht, dass Lucia so weit gehen würde. Eines Nachmittags war Adriano nicht zum Treffpunkt gekommen und Lucia dachte, dass ihm etwas passiert wäre. Sie ging zum Stützpunkt und erfuhr, dass vor zwei Tagen einige Soldaten ihren Dienst beendet hatten und nicht mehr in der Stadt waren. Da sie seinen richtigen Namen nicht kannte, konnte man ihr auch nicht weiterhelfen.

Und jetzt musste Lucia damit zurechtkommen, dass ihr Geliebter auf und davon ist und das ihr Fleisch und Blut nun vor dem Dom in einem Körbchen auf sein Schicksal wartet. Die Kleidung die er trug und die Decke, in der er eingewickelt war, hatten Gina und Lucia in den letzten Wochen gefertigt. Den Weidenkorb kaufte Gina auf einem Markt im Nachbardorf. An alles musste gedacht werden, nichts durfte sie verraten bei ihrer Unternehmung. Die Mutter tat dem Vater gleich und beachtete Lucia kaum noch. Sie fragte niemals wie es ihr geht oder ob sie etwas benötigt. Sie war in ihrer Ehre gekränkt, aber warf ihr Kind nicht aus ihrem Herzen. Sie war immer noch ihre Tochter und würde ihr in der allergrößten Not beistehen.

Der kleine Junge Adriano lag in dem Weidenkörbchen und schlief immer noch, als der Padre Lamberto die Pforte zum Dom aufschloss. Davon wachte er auf und gab ein Geräusch von sich. Padre Lamberto blickte sich um und konnte nichts entdecken. Es war noch recht dunkel an diesem Morgen und er ging durch die Pforte. Er zündete einige Kerzen an und bereitete alles für die Morgenandacht vor. Als er dann eine halbe Stunde später die Pforte aufstellen wollte, hörte er schon das Geschrei eines Babys. Er entdeckte den Weidenkorb und sein erster Gedanke war: „Nicht schon wieder ein Kind. Hatten wir in den letzten Jahren nicht genug Kinder vor der Pforte?" Immer wieder wurden in den Kriegswirren Kinder vor die Pforte gelegt. Kinder die aus Vergewaltigungen oder Liebschaften entstanden sind, die von den sizilianischen Familien nie akzeptiert wurden. Diese Kinder mussten oft Jahre in dem örtlichen Waisenhaus verbringen, bis man sie entweder an kinderlose Familien vermitteln oder mit zwölf Jahren auf die umliegenden Höfe zum Arbeiten schicken konnte. Sie hüteten oft Schafe oder Ziegen oder misteten Ställe aus. Dafür bekamen sie Kost und Logis. Nicht immer wurden sie gut behandelt, denn als Kind aus einem Waisenhaus zum Arbeiten geschickt zu werden, war wie eine Leibeigenschaft. Die Mädchen hatten Glück, wenn sie mit 12 Jahren im Kloster als Klosterschülerinnen oder

Arbeiterinnen aufgenommen wurden. Leicht war ihr Leben dort auch nicht, aber zumindest sicher. Kein Bauer konnte ihnen nachstellen. Erst zehn Jahre später sollte sich das Mindestalter dafür auf 14 Jahre ändern und weitere fünfzehn Jahre auf 16 Jahre.

Padre Lamberto nahm den kleinen Adriano mit in den Dom und wartete auf den ersten Mönch, der kommen würde, um ihn mit dem Baby zu den Nonnen zu schicken. Die Nonnen nahmen sich des Kleinen an und versorgten ihn die ersten Monate im Kloster, um ihn dann ins Waisenhaus zu bringen.

Padre Lamberto kniete sich vor einen der vielen Altäre, der Heiligen, die den Gang zum Hauptaltar säumten und betete für dieses kleine Geschöpf. Er bat um eine gute Kindheit in Gesundheit und Harmonie. Er bat darum, dass dieses Kind in gute Hände kommen sollte. Wusste er doch um das Leben der Kinder, die in den letzten Jahren immer wieder aufgefunden wurden.

Eine göttliche Fügung brachte Adriano aber mit drei
Monaten zu Giuseppe und Maria nach Randazzo. Das
ältere Ehepaar hatte fünfzehn Jahre vergeblich versucht
ein Kind zu bekommen. An Marias vierzigsten
Geburtstag schenkte Giuseppe, der achtundvierzig Jahre
alt war, seiner geliebten Frau dieses Kind. Jahrelang
hatte er sich geweigert einen fremden Erben ins Haus zu
holen, sah aber die Traurigkeit seiner Frau wachsen und
konnte nun nicht mehr länger seine Weigerung
aufrechterhalten. Außerdem war es jetzt an der Zeit
einen Erben für das Haus und die Olivenplantage zu

finden, sonst würden sich seine Verwandten darum streiten. Seinen Verwandten gönnte er seine Habe nicht.

Zwei Nonnen aus Messina brachten den Kleinen in das Haus der Lambertis nach Randazzo. Welche Freude machte sich in Marias Herzen breit. Ein ersehntes Kind in diesem Kleinkindalter war mehr, als sie sich je gewünscht hatte. Jetzt wusste Maria, was Giuseppe, der sonst nie was allein unternahm, zwei Tage in Messina gemacht hatte. Nach dem Krieg war es ganz einfach, ein Kind zu adoptieren. Zuerst hatte man das Kind in Pflege und später konnte man entscheiden, ob man das Kind adoptieren möchte oder nicht. Giuseppe, der sonst seine Lira zählte, gab den Nonnen ein großzügiges Reisegeld für den Weg nach Hause. Nun musste er die Liebe seiner Frau teilen, was ihm nicht so leicht fiel. Wenn er aber dann die glücklichen Augen seiner Frau sah, holte er tief Luft und verdrängte seine Eifersucht. Er verstand nicht, dass die Liebe seiner Frau zu ihm und die Liebe zu diesem Kind auf zwei unterschiedlichen Ebenen lagen.

Waisenhaus von Messina

Als Adriano ein Jahr wurde, nahmen die Lambertis ihn an Kindesstatt an. Die Lambertis lebten schon immer in dieser Stadt Randazzo. Die ersten Aufzeichnungen gingen bis ins Jahr 1557. Aber erstmalig hatte ein Lamberti keine Nachkommen. Falls eine Frau keine Kinder bekommen konnte, tauschte man sie in früheren Jahren einfach aus. Aber nicht mehr nach dem Krieg. Außerdem nahm man jetzt an, dass auch Männer keine Kinder zeugen können. Rührend kümmerte sich Maria um das Kind, obwohl er nicht einfach zu erziehen war. Giuseppe hatte Schwierigkeiten ihn nicht zu züchtigen bei seinen Dummheiten, die er schon im Kindesalter anstellte. Adriano schwänzte schon in der ersten Klasse die Schule, weil er Schwierigkeiten beim Lesen hatte und sich dafür schämte. Einmal ging er im Sommer mit anderen Jungen direkt nach der Schule schwimmen und ließ alle Bücher und Hefte am Strand liegen und kam erst abends spät nach Hause. Maria machte sich große Sorgen und Giuseppe war außer sich vor Wut. Er nahm den Jungen und sperrte ihn ohne ihm eine Abendmahlzeit zu geben auf den Balkon. Maria ging in der Nacht zu ihm und gab ihm eine Decke, Wasser und Brot. Dieser Junge war nicht zu bändigen. In der Nachbarschaft und in der Schule wusste jeder, dass Adriano ein adoptiertes Kind war. Die Lehrer gingen nicht sanft mit ihm um, besonders, als sie bemerkten, dass Adriano eine Leserechtschreibschwäche besaß. Man lachte ihn aus, wenn er die vorzulesenden Texte nur stockend vorlesen konnte und wenn er wieder einmal die Hausaufgaben nicht gemacht hatte, wurde er mit einem Rohrstock verdroschen. Diabolo, der Teufel, wie man den Lehrer nannte, hatte besonderen Spaß daran den Jungen zu demütigen. Man kann sich vorstellen, dass Adriano die Schule hasste und oft lieber an den Strand ging, anstatt sich quälen zu lassen. Die Schule empfand er als Qual, eine Qual, die ihm manchmal den Schlaf raubte und eine ständige Auseinandersetzung mit seinen Adoptiveltern auslöste. Wie oft hörte den Spruch:

„Man lernt nicht für die Schule, sondern für das Leben!"

"S'impara non per la scuola ma per la vita!"

Als Adriano acht Jahre alt war, wurde Maria krank. Jetzt kümmerte sich auch Maria nicht mehr um den rebellischen Jungen. Ihre Kraft war am Ende. Sie hatte Krebs und verstarb ein Jahr später daran. Adriano war wie versteinert, als er am Totenbett seiner Adoptivmutter stand. Er legte seinen Kopf auf den Arm und erschrak, weil sie sich so kalt anfühlte. „Mama, Mama" rief er laut aus und weinte. Als man ihn aus dem Raum führen wollte, damit er sich beruhigte, klammerte er sich an Giuseppe. Der war aber nicht in der Lage ihn zu beruhigen. Er selbst war wie versteinert und konnte keinen klaren Gedanken finden. Giuseppe war sehr traurig über den Tod seiner geliebten Maria und hatte jetzt auch noch den Jungen, das Haus und die Plantage zu versorgen. Jeden Tag ging er zum Friedhof und sprach in Gedanken mit Maria. „Maria, was soll ich nur tun. Gib mir doch ein Zeichen." Aber es blieb stumm. Er musste allein herausfinden, was nun geschehen musste. Er dachte schon darüber nach, Adriano wieder ins Kinderheim zu bringen. War er doch selbst gerade nicht in der Lage für sich zu sorgen. Wenn er nicht genau wusste, dass Maria das nicht recht gewesen wäre. Jetzt war an Adriano nicht mehr heranzukommen. Er hatte sich verschlossen, wurde schnell wütend und gehorchte überhaupt nicht mehr. Giuseppe war verzweifelt und konnte neben seiner Arbeit mit den Olivenbäumen nicht noch die ganze Zeit auf Adriano aufpassen. Schon nach einem Jahr brachten Verwandte Giuseppe mit einer Frau aus einem Vorort von Palermo zusammen, damit sie sich um den Jungen kümmern sollte. Simona war eine Frau, die ihre besten Jahre schon hinter sich hatte und nicht besonders gut aussah. Sie wurde einfach nicht verheiratet, so sehr ihre Familie sich auch anstrengte einen Mann für sie zu finden. Jetzt aber war ihre Chance gekommen. Giuseppe war nicht arm und hatte nur den kleinen Adriano an den Hacken. Giuseppe willigte ein und die Hochzeit wurde in einem kleinen Kreis gehalten. Am Abend musste Adriano, der immer im Schlafzimmer von Maria und Giuseppe schlief, in ein eigenes Zimmer ziehen, dass Giuseppe ihm Tage vorher eingerichtet hatte. Er sollte schon Tage vor dem Hochzeitstag in diesem Zimmer schlafen, was er aber unter großem Protest nicht tat. Aber an dem Abend blieb ihm nichts anderes übrig. Die Zimmertür wurde hinter Giuseppe und Julia verriegelt und Adriano legte sich vor die Tür zum Schlafen. Das störte Simona allerdings, weil es ja ihre Hochzeitsnacht war und Giuseppe blieb nichts anderes übrig, als Adriano in seinem Zimmer einzuschließen. Das Zimmer hatte einen kleinen Balkon und Adriano kletterte herunter auf die Terrasse und lief zum nächsten Hof, um sich dort in dem Zimmer seines Freundes einzuquartieren. Da es die Hochzeitsnacht seiner Eltern war, ließen die Balduinis ihn dort schlafen. Am anderen Morgen, als Giuseppe die Kinderzimmertür aufschloss, staunte er nicht schlecht, als das Bett unberührt war und die Balkontür offen stand. Ab jetzt war die Machtprobe zwischen Simona und Adriano entfacht. Jeden Abend wollte er wieder im Schlafzimmer der beiden übernachten oder büxte aus. Manchmal kam er zwei Tage nicht nach Hause und wurde zur Strafe ohne Wasser und Brot auf dem Balkon angebunden. Die Sonne schien ihm schon sehr stark auf den Körper und irgendwann rief er dann: „Es tut mir leid!" Erst dann wurde er losgebunden. Diese Misshandlungen brannten sich in seine Seele ein und machten ihn vorsichtig gegenüber anderen Menschen. Er konnte sich nicht fallen lassen und vertrauen. Immer war er auf der Hut nicht enttäuscht zu werden. Wahre Liebe hatte er nur einige Jahre erfahren dürfen und danach nur Leid. Es mangelte ihm zwar nicht an Essen, Unterkunft und Pflege, aber die Kälte in der kleinen Familie ließ ihn rebellieren. Viel Wut machte sich in ihm breit. Sein

Zuhause hatte den Charakter eines Zuhauses längst verloren. Irgendetwas zerfraß ihn. Er suchte nach Bestätigung und nach dem Recht auf Leben. Jede Gelegenheit etwas Unerlaubtes zu tun, nahm er wahr, als suchte er die Herausforderung mit Simona.

Nachdem er mal wieder in sein Zimmer gesperrt wurde, weil er einige Flaschen des guten Olivenöls entwendet hatte und für wenig Geld am Straßenrand verkauft hatte, schlug er sein Fenster aus Wut mit aller Wucht kaputt und demolierte die Zimmertür. Seine Wut hatte keine Grenzen. Vor Angst, dass er dem Haus noch mehr Schaden zufügen könnte, verzichtete man auf das bloße Einsperren und kette ihn lieber wieder irgendwo an. Immer wieder stellte Adriano etwas an und musste auf Simonas Verlangen hin bestraft werden. Zuerst hatte Giuseppe ein schlechtes Gewissen und seine Bestrafungen taten ihm mehr weh als Adriano. Mit der Zeit wurden auch Adrianos Verfehlungen immer schlimmer, so dass Giuseppe sich nicht mehr zu helfen wusste. Mit allen Mitteln wollte er dem Jungen bis zum 18. Lebensjahr ein Zuhause geben, so wie er es Maria versprochen hatte, aber er erkrankte daran immer mehr. Am liebsten hätte er ganz allein gelebt. Es machte sich bei ihm eine Depression bemerkbar. Ein Mann hatte aber keine Depressionen zu haben und so versuchte er mit einem gespielten Lächeln kraftlos durchs Leben zu gehen. Wenn er die Möglichkeit gehabt hätte, hätte er einiges in seinem Leben geändert oder erst gar nicht so begonnen. Wie konnte er sich nur so in Simona getäuscht haben. Maria konnte keine Frau ersetzen, aber warum hat er nicht erkannt, dass diese Frau so hart war. Seine Trauer um Maria und die Last Adriano zu versorgen, hatte ihn wohl all ihre schlechten oder verstellten Eigenschaften übersehen lassen.

Mit Maria hatte er den Schatz gefunden, nach dem so viele andere ihr Leben lang suchen.

Maria, seine große Liebe. Er hatte hart kämpfen müssen, um ihre Aufmerksamkeit zu erlangen. Sie war so schön und anmutig. Viele junge Männer hatten ein Auge auf sie geworfen und sie wurde von ihrer Familie immer beaufsichtigt, so dass er niemals allein mit ihr sprechen konnte. Kleine Zettel und Süßigkeiten, die Giuseppe ihr gekauft hatte, wurden ihr über Freundinnen zugestellt bis Giuseppe sich traute seinem Vater von der Liebe zu Maria zu erzählen und ihn bat, auf der Piazza am nächsten Wochenende mit Marias Vater zu sprechen, ob dieser für Maria schon einen Mann ins Auge gefasst hat oder ob Giuseppe eine Chance hätte, sich im Beisein der Familie mit Maria zu treffen. Marias Vater wollte es sich durch den Kopf gehen lassen und mit Maria darüber reden. Marias Eltern waren wohlhabender als Giuseppes

Eltern. Man kann sich vorstellen, dass Marias Eltern für Maria einen gut situierten Mann ersehnten. Da sie aber Maria sehr liebten, wollten sie, dass Maria ihren Gatten selbst aussucht. Nur arm durfte er nicht sein. Maria war bereit, Giuseppe zu empfangen und die Dinge nahmen ihren Lauf. Nach der Hochzeit durften beide in das Haus von Giuseppes Eltern ziehen. Dort bekamen sie 2 Zimmer, die Maria liebevoll einrichtete. Nach dem Tod der Eltern renovierten sie alle Räume. Das Haus hatte sein Alter, aber war doch immer noch eines der besseren Häuser der Gegend.

Noch bis 1940 arbeiteten einige Knechte auf der Plantage. Darunter auch Giacobbe, ein junger Italiener, jüdischen Glaubens, aus der kleinen jüdischen Gemeinde in Messina. Bis 1938 waren die Italienischen Juden den katholischen Italienern gleichgestellt. Giacobbe war eigentlich gelernter Schreiner, der aber keine Anstellung mehr in Sizilien während des Krieges als Schreiner bekam und illegal auf der Plantage arbeitete. Viel zu groß war die Angst der Italiener einen Juden zu beschäftigen, weil sehr früh die Deutschen ihre Finger danach ausstreckten und einige Einheimische sympathisierten mit dem Judenhass. Giacobbe besserte die Fenster und Türen nach getaner Arbeit auf dem Feld in seiner Freizeit aus und arbeitete an einem neuen Esstisch. Leider konnte er diesen Tisch nicht mehr vollenden. Eines Tages kam er nicht mehr. Man munkelte, dass man ihn in der Nacht deportiert hätte. Auf der Plantage hatte er Arbeit, Essen und bekam einen kleinen Lohn. So war es für beide Seiten ein ausgewogenes Verhältnis, aber auch für beide Seiten sehr gefährlich. Musste man doch zu der Zeit den Kontakt zu Juden meiden.

Nach dem Krieg waren die Geschäfte schlecht und man konnte sich keine Angestellten mehr leisten. Giuseppes Eltern und Maria kümmerten sich so gut es ging um die täglichen Arbeiten bis Giuseppe endlich aus dem Krieg zurückkam und seine Arbeit wieder aufnehmen konnte. Maria und Giuseppes Eltern lebten während des Krieges in großer Angst um Giuseppe. Es gab oft monatelang keine Nachricht von ihm. Giuseppe überlebte die Strapazen des Krieges durch die Liebe zu Maria und seinen Olivenbäumen. So sehr wünschte er sich Tag für Tag wieder zuhause zu sein. Niemals erzählte er später von seinen Erfahrungen und Erlebnissen. Tief in sich schloss er das Trauma des Krieges ein. Nur seine Augen zeigen häufig eine tiefe Trauer. In den ersten Wochen war er stundenlang bei den Olivenbäumen und starrte sie nur an. Bilder wollte er verdrängen, die ihm den Kopf zermarterten und ihm die Luft abschnürten. Schlimme Erfahrungen, die kein Mensch machen sollte. Wie sollte er jemals wieder gesunden? Die Bilder der zerfetzten

Körper seiner Kameraden, die Schreie vor Schmerzen, das Blut und der Geruch von Eiter begleiteten ihn bei Tag und Nacht, wenn er nicht abgelenkt wurde oder sich ablenkte. Es durfte auch mal ein Glas Rotwein mehr sein vor dem Zubettgehen. Nach dem ständigen Hunger während des Krieges hat man gelernt Rotwein, Brot und Oliven zu schätzen.

Trotz seiner seelischen Wunden wurde Giuseppe ein angesehener Mann, der seine Arbeit allein verrichtete und immer bodenständig geblieben war und ein gutes Herz hatte. Die Familie hatte einen guten Namen. Und wenn es wieder mal Strafen für Adriano regnete, dann sahen alle weg, weil man dachte, er hätte es verdient. Wer weiß, welche leiblichen Eltern er hat. Vielleicht ist der Vater ein Vergewaltiger oder ein anderer Verbrecher. Wie der Vater so der Sohn. Giuseppe ist wirklich gestraft mit so einem Kind meinten die Nachbarn. Hätten sie den Jungen besser im Orfanotrofio (Waisenhaus) gelassen. Keiner kümmerte sich darum, warum Adriano so reagiert oder warum er wieder etwas angestellt hat. Seine Seele schrie nach Liebe. Seine Seele wollte Antworten auf Fragen, die er nie stellen durfte. Für Simona war er ein Wesen, das man in eine Besserungsanstalt geben sollte. Giuseppe hatte aber Maria ein Versprechen gegen, das er halten wollte. „Zieh in groß!" hat sie ihm auf dem Sterbebett gesagt. Maria hatte ihren kleinen Adriano ins Herz geschlossen und wie ihren eigenen Sohn gesehen. Wie oft am Tag wuschelte sie ihm durch seine Haare oder fiel über ihn her, um ihn zu kitzeln. Für Giuseppe war er immer ein Fremder, ein Eindringling in seine kleine Welt mit Maria. Nur die große Liebe zu Maria ließ ihn den kleinen Eindringling akzeptieren. Simona wollte für Adriano keine Stiefmutter sein. Sie war selbstsüchtig und wollte eigene Kinder groß ziehen. Nach zwei Jahren Ehe wurde Simona, trotz ihres reifen Alters, schwanger. Sie verlor aber das Kind im sechsten Monat und danach stand fest, dass sie nie mehr schwanger werden würde. Daraufhin wurde sie immer hartherziger und auch Giuseppe bekam es zu spüren. Sie gab Adriano die Schuld daran, dass sie das Kind verloren hatte, weil sie sich so oft über ihn ärgern musste. Wie oft dachte Giuseppe an seine geliebte Maria und wie harmonisch damals sein Leben mit ihr und Adriano war. Das Leben wurde für Giuseppe immer trostloser und die Arbeit auf der Olivenplantage fiel ihm schwer. Adriano konnte er nicht mit zur Arbeit nehmen. Er war dafür nicht zu gebrauchen. Auf dem Feld war eine kleine Hütte, in der Giuseppe manchmal übernachtete, wenn er seine Ruhe haben wollte oder bot Adriano an, dort manchmal zu übernachten, damit im Haus mehr Ruhe einkehren konnte. Er sollte die Liebe zu den Bäumen wachsen lassen. Giuseppe dachte, wenn er unter diesen Bäumen schlafen würde, ihre Kraft und Schönheit erkennen würde, könnte es noch etwas werden mit der Feldarbeit.

Seit mehr als 9000 Jahren werden die wertvollen Früchte des Olivenbaums in der Menschheitsgeschichte aufgrund ihrer positiven Wirkungen genutzt. Die meisten Bäume sind 100 bis 200 Jahre alt. Giuseppe war besonders stolz auf einen Baum, der noch auf die alt griechische Zeit auf Sizilien zurückgeht. Er ist fast 2000 Jahre alt und strotzt vor Stärke. Die maskulinen Bäume müssen manchmal geschnitten werden, sonst nehmen sie den weiblichen die wertvollen Nährstoffe weg. Es ist immer viel zu tun auf den Feldern, aber nicht für Adriano. Er hasste die Feldarbeit bei dieser großen Hitze und wollte lieber mit seinen Freunden umherziehen. Seine Freunde mussten auch nicht in der Familie oder auf dem Feld mithelfen und das wollte er dann auch nicht. Die Olivenbäume werden im Herbst mit einem natürlichen Kalk-Lehmgemisch bestrichen. Dies stellt einen natürlichen Schutz der Bäume vor Parasitenbefall dar, sodass auf allerlei Pestizide verzichtet werden kann. Gedüngt werden die Bäume im Herbst mit Rinder und Pferdedung. Also ein Arbeitskreislauf, der nie endet. Adriano wollte kein Bauer sein, sah er doch Giuseppe immer schuften. Er wollte das große Geld, was man mit

Leichtigkeit bekommen kann. Träume vernebelten ihm die Realität.

Oft saß er mit Freunden zusammen und sie spannen sich die besten Geldeinkünfte zusammen, ohne die Grundlagen für einige Berufe oder Geschäftszweige zu kennen. Die Jugend gab ihnen das Recht der Leichtigkeit für alle Unternehmungen und Vorhaben. Restaurantbesitzer, Spielcasinobetreiber, Ledertaschen und Jacken fertigen und veräußern standen an oberster Stelle.

Lucia ertrug das Leben mit ihrem Vater in einem Haus nicht mehr und fragte schon drei Monate nach der Geburt ihres Sohnes, ob er für sie auf der Olivenplantage des Gutsbesitzers in Potsoli vorsprechen würde. Sie würde gern dort als Haushaltshilfe arbeiten und sich um die Kinder kümmern. Bernadetto war froh, dass Lucia diesen Weg gehen wollte. Er konnte es nicht ändern, aber sie war nicht mehr seine Tochter. Er hatte kein Vertrauen mehr und rechnete damit, dass kein Mann sie mehr nehmen würde. Lucia wurde dem älteren Kindermädchen unterstellt, die Hilfe bei den fünf Kindern dringend benötigte. Lucia stellte sich geschickt an und war so liebenswürdig zu allen, dass jeder sie ins

Herz schließen musste. Nur ihr oftmals trauriger Blick fiel allen auf, wenn sie abends versunken in sich selbst irgendwo in aller Stille für sich war. Der Gutsbesitzer hatte 7 Pferde und Lucia ging abends oft in den Stall, um die Pferde zu streicheln und ihnen ihr Leid zu klagen. Sie hörten still zu und Lucia hatte das Gefühl, dass es ihr leichter ums Herz wurde. Sie liebte Pferde und war als Kind des Öfteren mit einem der beiden Pferde ihres Vaters ausgeritten. Es waren nicht so edle Pferde wie der Gutsbesitzer sie hatte, aber es waren treue Wesen, die ihre Arbeit zu verrichten hatten. Lucia und ihre Schwester hatten die Aufgabe sie zu füttern und den Stall sauber zu halten. Bei den Pferden hier auf dem Gutshof fühlte sie irgendwie ein bisschen Heimat. Ein Zuhause hatte sie nicht mehr. Sie war die gefallene Tochter. Der Vorarbeiter Paolo sah Lucia oft heimlich zu, wie sie zu den Pferden ging und sie liebkoste. Er hatte sich in sie verliebt. Wie es zu der Zeit in Sizilien Sitte war, durfte man niemals mit einer ledigen Frau allein sein. Immer wieder musste Paolo seiner Phantasie freien Lauf lassen, um einige Worte mit Lucia wechseln zu können. Lucia war, durch ihre durchgemachten Erfahrungen und ihrer Trauer, nicht sehr offen für Paolos Werben um sie. Als Paolo es schon fast resigniert aufgeben wollte und nur einen letzten Versuch anging ihr eine Verabredung zum Tanz abzuringen, stimmte sie zu. Sie hatte einige

Nächte vorher einen Traum, in dem sie ihren Vater sah, der mit ihr schimpfte und mit erhobenem Zeigefinger ihr prophezeite, dass sie ihr Leben nunmehr für immer einsam und verlassen verbringen wird. Weinend war sie aufgewacht und dachte wieder an ihre große Liebe und ihren Sohn und fasste den Entschluss, es ihrem Vater zeigen zu wollen und doch noch eine ehrbare Ehefrau zu werden. Nach dem Tanzabend fragte Paolo Lucia, ob sie sich mit ihm verloben wolle, damit er den Gutsbesitzer um Erlaubnis fragten konnte Lucia heiraten zu dürfen. Er bekam die Einwilligung von ihr und dem Gutsbesitzer und musste nur noch Lucias Vater um die Hand seiner Tochter bitten. Paolo war ein lieber Mensch und Lucia fand ihn sehr sympathisch und ihrer Meinung nach, könnte sie sowieso niemals mehr einen Mann so lieben wie Adriano und willigte deshalb ein. Bauchschmerzen verursachte ihr allerdings der Besuch mit ihm bei ihrem Vater. Sie kündigten den Besuch über die Pfarrer der beiden Gemeinden an, damit es einen offiziellen Anklang hatte und machten sich auf den Weg nach Messina. Da eine unverheiratete Frau nicht allein mit einem Mann reisen durfte, kam der Pfarrer der Gemeinde Potsoli der Bitte des Gutsbesitzers nach und reiste mit. Bernadetto blieb bei dem Treffen sehr förmlich und gab Paolo die Einwilligung Lucia heiraten zu dürfen. Als er den Satz anfangen wollte: „Da gibt es aber noch etwas....“

versteinerte Lucia und der Angstschweiß trat ihr auf die Stirn. Will Vater wirklich erwähnen, dass sie nicht mehr unschuldig war, will er das Kind erwähnen? Kein Fremder wusste davon und sollte es doch nie erfahren. Bernadetto redete weiter und sagte: „Du musst wissen Paolo, dass meinen Hof meine älteste Tochter und ihr Mann erben werden und Lucia leer ausgehen wird. So ist es geregelt. Lucia verdrückte sich ihre Tränen und dachte: „Warum hasst mich mein Vater immer noch so, dass er das jetzt hier erwähnen musste. Warum konnte er das nicht erst nach seinem Tod verkünden lassen. Musste er sie noch weiter strafen? Paolo nickte und erwiderte: „Ich möchte Lucia nicht wegen einer Erbschaft ehelichen, ich liebe und verehre sie. Sie ist ein wunderbarer sanftmütiger Mensch. Bernadetto betrachtete Lucia eingehend. Er suchte eine Wölbung unter ihrer Bluse, die er aber nicht finden konnte. War sie wiedermal schwanger geworden und der Trottel heiratet sie? Lucia und Paolo schmusten nur miteinander. Noch einmal würde Lucia das nicht passieren. Noch einmal wollte sie das nicht durchmachen müssen. Vor der Ehe kein Sex. Paolo akzeptierte es und achtete Lucia deshalb noch mehr für ihre Ansichten. Er konnte ja nicht ahnen, welche Qualen sie schon erlitten hatte. Mit keinem Wort erwähnte Lucia ihre Erlebnisse. Sie waren fest verschlossen in ihrer

Seele. Zur Hochzeit kamen nur Lucias Schwester mit ihrem Mann und ihrem kleinen Sohn und Vater und Mutter. Die beiden waren nur gekommen, weil es sonst Gerede geben hätte und das wollten sie auf jeden Fall vermeiden. In all den Jahren ging Bernadetto seiner Tochter aus dem Weg. Sie hatte die beste Entscheidung getroffen auf das Gut zum Arbeiten zu ziehen, denn dort konnte sie neu beginnen und musste nicht mehr in die strafenden Augen ihres Vaters blicken. Nach dreizehn Monaten brachte Lucia eine Tochter zur Welt. Als man ihr das Mädchen in die Arme legte, weinte sie hemmungslos. Einmal vor Freude und einmal, weil wieder der alte Schmerz hervorkam, ein Kind verloren zu haben, was irgendwo in der Fremde aufwuchs. Ging es ihm gut? Lebte er in einem Waisenhaus oder bei einer Familie? Was ist aus ihm geworden? Die vergangenen Jahre waren ihr ins Gesicht geschrieben. Niemals mehr konnte sie herzhaft lachen. Sie dachte immer an Adriano und an seinen Vater, wann immer sie in Gedanken versunken auf einen Sonnenuntergang blicken konnte. Ein Sonnenuntergang war die Besiegelung ihrer Liebe und das Kind wurde gezeugt. Lucia mochte Paolo sehr, aber sie liebte ihn nicht wirklich. Sie war ihm unsagbar dankbar, dass sie gemeinsam ein sorgenfreies harmonisches Leben führen konnten. Paolo liebte sie und seine kleine Tochter Claudia und sah sehr besorgt aus, wenn er seine Frau wieder mit traurigen Augen gedankenversunken vorfand. Was nur in aller Welt bewegte seine Frau so, dass ihre ganze Fröhlichkeit aus ihr wich? Paolo fuhr mit seiner kleinen Familie, wann immer es die Zeit erlaubte zu Gina nach Messina. Dann hatte er das Gefühl, dass die beiden Schwestern in ihre eigene Welt abtauchten und Lucia auflebte. Gina war die einzige Verbündete in ihrem Schmerz.

Nachdem Lucia jetzt verheiratet war und der Vater gesehen hat, dass es nicht eine Nothochzeit war, beruhigte er sich etwas und feierte jährlich Weihnachten mit der ganzen Familie. Der zu fühlende Abstand auf der Herzensebene war nur den eingeweihten Mitgliedern offenbar. Aber darüber lag ein großes Schweigen. Für Lucia war es jedoch ein Weihnachten mit einer Angst im Nacken, dass an diesem Tag nach einigen Gläsern Wein vielleicht die Zunge ihres Vaters gelockert sein würde und alles ans Licht kommen könnte.

Keine 60 km entfernt lebte Adriano nunmehr in einem unzumutbaren Umfeld von Abneigung ihm gegenüber. An einem Samstag, am Geburtstag des Jungen, hatte Adriano den Wunsch ins Kino zu gehen. Simona verweigerte ihm aber das Geld für den Eintritt, weil er wiedermal die Schule geschwänzt hatte. In einem unbeobachteten Moment, nahm er sich Geld aus der Geldbörse und verschwand wie so oft für zwei Tage. Am dritten Tag kam Adriano mit hängenden Schultern zurück und dachte sich: „wenn ich alt genug bin, verschwinde ich hier für immer." Eine gehörige Tracht Prügel hatte er einzustecken und drei Tage durfte er nach der Schule nicht nach draußen. Simona schickte Adriano häufiger zu einer Stallung mit vielen Pferden, die einem fernen Verwandten gehörten. Adriano sollte die Stallungen ausmisten und sich schon mal ans Arbeiten gewöhnen. Sie wollte ihm zeigen, dass er ohne ordentliche Schulausbildung nur zum Stallausmisten taugen würde. Seltsamerweise fühlte Adriano sich aber von den Pferden angezogen. Er mochte Pferde und empfand das Ausmisten nicht als Strafe. Wenn er gewusst hätte, dass er die Liebe zu Pferden von seiner Mutter geerbt hatte, dann wäre ihm das bestimmt ein Trost gewesen in seinem so lieblosen Leben.

Das Schicksal meinte es mit Giuseppe wieder einmal nicht gut. Auch diese 2. Frau wurde ihm genommen und er stand wieder mit Adriano allein da. Sie war bei einem Einkauf in Messina von einem Taxi erfasst worden und ist noch auf dem Weg ins Krankenhaus verstorben. Einen Tag vor der Beerdigung ging Adriano, der sich erleichtert fühlte, durch den Tod seiner Stiefmutter, mit seinen Freunden schwimmen. Sie stürzten sich von Felsen in die abkühlenden Fluten. Es ging immer gut, bis Adriano mit dem Mund aufschlug und sich vier Zähne im Oberkiefer ausschlug. Mit blauem Gesicht, aufgeplatzter Oberlippe und vier fehlenden Zähnen nahm er an der Beerdigung teil. Er dachte sich, dass seine Stiefmutter ihm das wohl angetan hat, weil er sich über ihren Tod freute. Er hatte Simona immer als Hexe tituliert und sie auch so gesehen. Eine moderne Hexe und er war der Hänsel aus dem Märchen. Giuseppe wollte keine 3. Frau suchen, nur um Adriano versorgt zu wissen. Er fühlte sich zu alt und zu schwach für eine weitere Ehe und so lebten Giuseppe und Adriano nun allein in dem Haus. Adriano nahm sich immer mehr Freiheiten heraus und Giuseppe verzweifelte an den Taten seines Adoptivsohnes. Immer wieder fehlte Geld, aufgetragene Arbeiten wurden nicht erledigt, die Schule wurde weiter häufig geschwänzt und mit der Wahrheit nahm er es auch nicht so ernst.

Mit fünfzehn Jahren schon lief Adriano den jungen Mädchen hinterher und entwickelte immer wieder neue Taktiken, um etwas allein mit ihnen sein zu können. Sein

Ruf ging ihm schon immer voraus. Eines Tages traf er auf Franca und es war um ihn geschehen. Dieses Mädchen musste er haben. Er war gerade 18 und sie 17 Jahre alt. Sie machte es ihm nicht leicht und ihre fünf Brüder sowieso nicht. Zuerst freundete er sich mit zwei ihrer Brüder an, um in Francas Nähe zu kommen; aber die Brüder passten immer gut auf die einzige Schwester auf. Nachdem Adriano bei einem der Brüder als Hilfsarbeiter in der Firma arbeiten durfte und etwas Geld gespart hatte, setzte er sich in einen Zug und fuhr bis nach Hamburg, um dem tristen Leben in Sizilien zu entfliehen. Franca hatte er nicht erobern können und die Brüder seiner Angebeteten hielten ihn sowieso nicht für die erste Wahl und machten daraus keinen Hehl. Enttäuscht über diese Erkenntnis zog er ab in ein ihm fremdes Land, wo die Frauen angeblich leicht zu haben waren. In Hamburg angekommen musste natürlich zuerst die Reeperbahn erkundet werden, weil Kontakt dort schnell geschlossen werden konnten. Er sprach kein Wort Deutsch, aber die Italiener, die er dort kennenlernte, hatten gleich Verwendung für ihn. Da er einen Führerschein im Heimatort für wenig Geld gemacht hatte, konnte er als Auslieferer für italienische Produkte eingesetzt werden oder auch Schmiere stehen bei einigen unlauteren Unternehmungen. Nachdem er einige Worte Deutsch gelernt hatte, arbeitete er in einer

Pizzeria im Stadtteil St. Pauli. Doch schon nach zwei Jahren hatte Adriano keine Lust mehr auf das so freie Leben in Deutschland. Alles nur Traumvorstellungen, die die jungen Italiener in ihrem Land über das Land der Freiheit – direkt hinter Amerika – hatten. Er machte sich mit seinem kleinen Koffer und 800 Deutsche Mark wieder auf den Heimweg. Seine Freunde in der Heimat lachten ihn aus. Wo war das viele Geld, das er in Deutschland verdienen und wo die Frau, die er dort kennenlernen wollte?

Sein Vater hatte die Zwischenzeit in Sizilien mehr recht als schlecht verbracht. Seine Traurigkeit über diesen missratenen Adoptivsohn und die verlorenen zwei Frauen ließen ihn immer mehr altern und machten ihn krank. Die Arbeit auf der Plantage fiel ihm schwer und der Haushalt sowieso. Als Adriano diese Missstände sah und die Zurechtweisungen der anderen Verwandten und Freunde des Vaters über sich ergehen lassen musste, kam eine gewisse Einsicht, dass es seine Pflicht sei dem Vater zur Seite stehen. Hat er ihn doch vor einem Leben im Waisenhaus bewahrt. Diese Einsicht werte aber nicht lange, da die Arbeit auf der Plantage überhaupt nicht in seinem Sinn war. Die Langeweile und Hitze machten ihm zu schaffen. Die Bäume mussten immer wieder gewässert werden und ein gutes Bewässerungssystem war nicht vorhanden. Also schleppte man Wasser mit

Eimern zu den Bäumen. Es regnete nur sehr selten und die Bäume schrien nach Pflege. Adriano wollte noch bis Weihnachten helfen und Giuseppe noch einmal darauf ansprechen, sich einen Gehilfen zu besorgen, den er entlohnen sollte. Obwohl Giuseppe ihm immer wieder sagte: „Schau her, dass gehört irgendwann alles dir, pflege es!" konnte er ihn nicht dazu bewegen, zu erkennen, dass alles langsam zerstört wird und nicht mehr viel übrig bleiben wird.

Der beste Zeitpunkt für die Olivenernte liegt je nach dem gewünschten Charakter des Olivenöls im Herbst bis in den Winter kurz vor der Vollreife. In den meisten Regionen werden die Oliven für die Olivenölgewinnung zwischen November und Januar geerntet. Das Ernten der Oliven erfolgt entweder per Hand mit Rechen oder durch Abklopfen der Zweige. Danach werden die Oliven im besten Fall noch am gleichen Tag zur Ölmühle transportiert und am nächsten Tag weiterverarbeitet. Wenn die Oliven zwischen der Ernte und dem Pressvorgang zu lange liegen, passiert das Gleiche wie beim Obst in der Küche – sie faulen. Giuseppe verkaufte das Olivenöl in ganz Messina und es war seine einzige Geldeinnahme. Er hätte sich sehr gefreut, wenn Adriano mal seine Plantagen bewirtschaftet hätte, aber das konnte er sich aus dem Kopf schlagen. Im Januar war er wieder auf sich allein gestellt und zu geizig, um das Geld einem Gehilfen hinterherzuwerfen. Wenn er vermutet hätte, wie schnell seine Ersparnisse nach seinem Leben aufgebracht werden würden, dann hätte er anders gehandelt. Oder vermutete er es und wartete noch auf ein Wunder?

Das Militär hatte seinen Sohn nicht vergessen. Aufgeschoben ist nicht aufgehoben. Adriano wurde eingezogen und musste seinen Wehrdienst ableisten. Mit harter Hand wurden die neuen Soldaten ausgebildet. Die Vorgesetzten hatten oft Spaß daran einige schwache Glieder in der Truppe zu drangsalieren. Ein Soldat namens Vincenzo, war ein schüchterner zarter junger Mann, der die körperlichen Strapazen nicht bewältigen konnte und bekam häufig den Dienst der Toilettensäuberung oder musste Nachtwache schieben. Eines Tages kam er nicht zum Abendessen. Man suchte ihn auf dem ganzen Gelände und fand ihn erhängt in einer Toilettenkabine. Adriano und zwei andere Soldaten mussten in abhängen. Das Bild des erhängten Mannes prägte sich tief ins Gedächtnis ein. Nach den harten Monaten, wieder zuhause angekommen, wollte Adriano seinem Vorhaben, die hübsche Franca zu erobern, wieder nachgehen. Es kam ihm nämlich zu Ohren, dass noch zwei andere Anwärter da waren und so musste er sich beeilen. Die Mischung aus Lügen und Komplimenten machte Adriano in Francas Augen wieder interessant. Er träumte von einer gemeinsamen Nacht mit Franca. Er malte sich alles aus, den ersten Kuss, das erste leichte Streicheln, die ersten Berührungen und Franca träumte so intensiv von Adriano, dass sie meinte, seine Hände zu spüren. Die Hände, die ihren Rücken streichelten, ihre Schenkel, ihre Brust. Was passierte da gerade? Egal was Franca auch tat, Adriano ging ihr nicht mehr aus dem Kopf. Sie verlobten sich heimlich und suchten ein Hotel auf, um eine Ehe zu vollziehen, die in den Augen der Sizilianer dadurch schon besiegelt wird, wenn man einer Frau die Unschuld nimmt. Endlich hatte er Franca für sich allein. Wie schön sie aussah mit ihren dicken schwarzen Haaren, die sie verschämt über ihre Brüste gelegt hatte. Ein Handtuch bedecke ihre Hüften. Noch nie war sie mit einem Mann allein in einem Hotelzimmer. Auch sie hatte diese Zweisamkeit herbeigesehnt und war doch jetzt so aufgeregt. Adriano bemühte sich, ihr ihre Aufregung einzudämmen, indem er sie ganz sachte in seine Arme nahm und zärtlich küsste. Sie schauten sich tief in die Augen und von

Minute zu Minute wurden sie immer mehr zu einer Person. Das Hotel verfügte über einen kleinen Privatstrand, den die beiden immer mal wieder aufsuchten, um sich im kühlen Nass zu erfrischen.

Franca war wirklich eine Standschönheit, wenn sie in ihrem Bikini ausgestreckt auf dem Handtuch lag. Adriano war immer wieder fasziniert, wenn er sie anschaute und wusste, dass sie nun seine Frau werden würde. Er hatte es geschafft.

Drei Tage verbrachten sie in dem Hotel, bis die Brüder sie endlich aufspürten. Eine Tracht Prügel für Franca und Adriano ließen beide wieder auf den Boden der Tatsachen zurückkehren. Der Familienrat wurde zwei Tage später einberufen und man beschloss, dass die beiden so schnell es geht heiraten sollten. Weder Franca noch Adriano hatten das Geld für eine Hochzeit und so mussten die beiden Familien das Geld zusammenlegen. Unter den Augen Francas Familie wurden Adriano und Guiseppe der Hochzeitstermin bekanntgegeben und Adriano wurde angedroht, sich nicht davonzuschleichen. Bis zum Termin konnte er nun keinen Schritt mehr alleine machen. Die Familie saß ihm immer im Nacken.

Es wurde eine große Hochzeitsfeier mit über 130 Gästen. Adrianos Familie war durch Vater Guiseppe, die

Schwester des Vaters, einige Cousinen und Cousins vertreten und Adrianos Freunde waren anwesend. Den Hauptanteil der Gäste belegte die Familie der Braut.

Nach der Zeremonie durfte das Brautpaar nach Sitte mehrere Tage in ihrem Schlafzimmer bleiben. Die Familie sorgte fürs leibliche Wohl. Adriano war stolz auf seine Frau, denn endlich hatte er mal was erreicht und auch sein Vater war zufrieden. Wie er dazu gekommen war, war natürlich eine andere Sache.

Nach der Hochzeit fühlte sich Giuseppe sehr erleichtert. Er fühlte, dass Adriano jetzt reifer geworden war und unter dem Schutz und Aufsicht der Familie der Braut stand. Er schmiedete einen Plan, wie er endlich diesem tristen Leben ein Ende bereiten konnte. Seine Knochen taten ihm alle weh und sein Lebenswille war schon lange nur noch ein Flackern. Jetzt konnte er gehen und Maria folgen. Er hatte Maria versprochen, sich immer um Adriano zu kümmern, bis er erwachsen ist. Das hatte er nun ausgeführt.

„Was das Auge nicht sieht, beschwert das Herz nicht!"

„Occhio non vede, cuore non duole!"

Adriano und Franca lebten jetzt in einer kleinen Wohnung in der Nähe ihrer Eltern und wollten Samstag den alten Giuseppe besuchen. Nach einer gemeinsamen Stunde mit Kaffee und Kuchen gingen die beiden wieder nach Hause. Giuseppe erwartete sonst niemanden mehr. Er zog sich seinen einzigen guten Anzug an, machte im ganzen Haus Licht an und legte den vorbereiteten Brief auf den Esstisch. Danach erhängte er sich im Wohnzimmer. Als um 2 Uhr Nachts zum Sonntag hin, immer noch das Licht im ganzen Haus brannte, weckte man Adriano und sagte ihm, dass irgendwas nicht stimmt im Hause seines Vaters. Es brennt überall Licht in der Nacht. So fand Adriano seinen Stiefvater. Ein Zettel steckte in seiner Hosentasche auf dem stand: „Ich kann nicht mehr." Der Brief auf dem Esstisch enthielt Hinweise, wie er bestattet werden möchte und was mit seinem Nachlass geschehen solle. Giuseppe hatte immer nur dort, wo er sich aufhielt, Licht an. Licht in allen Zimmern war ihm zu kostspielig. An seinem letzten Abend gönnte er sich mal eine Festbeleuchtung. Er wollte auch nicht am Strick vergammeln und zeitnah gefunden werden. Ein besseres Zeichen als das Licht konte er nicht setzen. Er goss sich ein Glas Rotwein ein, aß dabei noch ein Stück Weißbrot mit seinem eigenen Olivenöl und wollte danach so schnell wie möglich zu seiner Maria. Zuerst hatte er für seinen Übergang den uralten Olivenbaum auf der Plantage gewählt und doch Bedenken, dass die Äste ihn eventuell nicht tragen könnten und dass er vielleicht viele Stunden am anderen Tag in der Sonne hängen würde. Er flehte Gott an, ihn nicht zu verdammen, weil er das Leben nicht mehr ertragen konnte, weil er nicht sehen wollte, wie sein Eigentum zugrunde ging und stieg bitterlich weinend auf einen Stuhl, den Haken in der Decke und den Strick hatte er mehrfach überprüft, denn es sollte sofort gelingen. Nur fort von hier dachte er. Seine letzten Worte waren: „Guter Gott, ich lege mich nun in deine Hände."

Schon wieder hatte Adriano ein Familienmitglied verloren und die Nachbarn munkelten, dass er der Familie nur Leid gebracht hat und seiner eigenen kleinen Familie auch Leid bringen wird. Sollten sie Recht damit behalten?

Adriano erbte zwei ältere Häuser und etwas Land, auf dem Oliven angebaut wurde. Bauer wollte Adriano auf keinen Fall sein. Er verkaufte die Häuser und das Land nicht gerade gewinnbringend und schmiedete Pläne für die Zukunft. Die Umsetzung der Pläne musste allerdings warten. Franca erwartete ein Kind. Die Freude war bei den beiden riesig groß. Wie gerne hätte Adriano das noch seinem Vater mitgeteilt. In Sizilien sagt man: Wenn einer in der Familie geht, wird ein neues Familienmitglied geboren werden. So war es, als Giuseppe ging, war Franca in der 4. Woche schwanger. Ein kleines Mädchen mit dem Namen Maria, nach Adrianos erster Adoptivmutter, wurde geboren. Es war ein gesundes und aufgewecktes Mädchen. Als Maria ein Jahr wurde und die Geburtstagsfeier beendet war, kam Adriano mit seinen Plänen heraus. Er wollte mit Franca und Maria nach Deutschland und dort ein Restaurant eröffnen. Franca war nicht sehr begeistert von diesem Ansinnen. Sie sprach kein Deutsch und kannte dieses Land nicht. Außerdem war sie noch nie weg aus Sizilien und liebte ihre Familie. Nach langem Hin und Her verkauften sie ihre Möbel und packten nur das Auto mit Sachen voll, die sie für den Start ins neue Leben benötigten. Sie suchten sich München als neue Heimat aus und mieteten eine Ferienwohnung an einem kleinen Bachlauf außerhalb von München. In München wohnte einer von Francas Cousins, der dort in einer Band spielte und jedes Wochenende in Discotheken oder Tanzsälen sein Geld verdiente. Paulo, so hieß der Cousin, hatte Kontakte zu einigen Restaurantbesitzern und die beiden malten sich aus, dass dieser Paulo ihnen die richtigen Informationen geben könne, die man benötigt, um ein Restaurant zu eröffnen. Leider läuft in Deutschland nicht alles über einen Handschlag und die Eröffnung eines Restaurants rückte immer weiter in die Ferne. Auch das Geld aus dem Erbe wurde immer weniger. So langsam musste was passieren. Adriano erhielt ein Angebot eines Italieners, der mehrere Pizzerien in München betrieb und konnte eine Pizzeria pachten. Ein hoher Pachtzins wurde vereinbart, der nur mühsam bestritten werden konnte. Franca musste sich noch sehr viel um Maria kümmern und war nur für die Zubereitung des Pizzabelages und für die Reinigung der Räumlichkeiten zuständig. Alles andere musste Adriano leisten. Die Ferienwohnung wurde auf Dauer auch viel zu teuer und die beiden richteten sich mit dem restlichen Erbe eine kleine Wohnung ein. Wenn Adriano sich mal Zeit für Maria und Franca nahm, dann verbrachten sie eine schöne Zeit an einem kleinen See. Adriano war so stolz auf sein kleines Mädchen, das herausgeputzt herumstolzierte. Viele Frauen blieben stehen und sprachen Maria an. Sie hatte wunderschönes schwarzes Haar und plapperte schon ganze Sätze in italienischer und deutscher Sprache. Man konnte sehen, dass Adriano sein Mädchen sehr liebte. Maria ahmte ihren Papa oft nach, der zum Beispiel seine Hände auf dem Rücken verschränkt, wenn er lief und Maria tat es ihm gleich oder wenn Adriano ein Kinderlied sang, stimmte sie sofort lauthals ein. Sie lachten und tollten herum. Man dachte oft, dass Maria dann vernünftiger war als der Papa. Leider waren diese Tage sehr selten und wurden auch immer seltener.

Es kam immer häufiger vor, dass Adriano nach dem Schließen der Pizzeria nicht nach Hause kam. Er ging noch, wie es auch in Sizilien so üblich war, mit Freunden in ein Italienisches Cafe, in ein Spielcasino oder auch in eine Disco. Häufiger kam er auch erst am anderen Morgen nach Hause. An einem Tag im April, als Maria schon kurz vor ihren dritten Geburtstag stand, kam er auch wieder nicht nach Hause. Franca war am Tag davor mit Maria beim Kinderarzt. Sie war erkältet und hatte hohes Fieber. Der Arzt verschrieb ein Medikament und Zäpfchen. Das Fieber konnte aber nicht gesenkt werden und in der Nacht, als Adriano im Bett einer anderen Frau war, wurde das Fieber so hoch, dass Maria ohnmächtig wurde. Franca bestellte den Notarzt, der das Kind mit dem Krankenwagen sofort ins Krankenhaus brachte. Franca fuhr mit und konnte nur noch verstehen, dass das Kind ein Medikament für Erwachsene bekommen hatte. Maria verstarb in der nächsten Stunde. Allein saß nun Franca mit ihrem toten Kind im Arm im Krankenhaus und konnte den Vater des Kindes nicht erreichen. Es gab noch keine Handys. Als man ihr irgendwann das Kind aus den Armen nahm, verständigte sie Adrianos Freund, der ihn überall suchen sollte. Sie setzte sich wie betäubt vor den Eingang des Krankenhauses und wartete. Man hatte ihr Maria aus den Armen genommen und in ein Kühlfach im Keller des Krankenhauses gelegt. Franca ließ sich nicht wegschicken. Sie wollte sehen, wo ihr Kind hingebracht wurde. Ein Pfleger, der tief berührt war, als er das tote

Kind ins Kühlfach legen musste, machte ihr klar, dass sie ein Beerdigungsinstitut verständigen müsse und fragte nach dem Vater der Kleinen oder ob er irgendjemanden informieren sollte. Franca hob nur die Schultern. Wo war nur der Vater kam ihr in den Sinn.

Irgendwann am frühen Morgen erschien Adriano vor dem Krankenhaus und sah Franca in tiefer Trauer dort sitzen. Sie gingen wieder ins Krankenhaus und fuhren direkt in den Keller. Dort war zu so früher Stunde noch niemand im Leichensaal tätig. Franca hatte sich aber das Kühlfach gemerkt und Adriano öffnete es mit zittriger Hand. Er zog die Liege raus und erblickte unter einem Tuch seinen Liebling. Er schloss Maria in seine Arme und weinte bitterlich. Maria war eiskalt und ließ auch sein Herz erkalten. Franca erzählte, was sie im Gespräch mit den Ärzten verstanden hat: Medikament für Erwachsene.....Todesursache.... Herzversagen..... Adriano muss wohl eine Stunde mit seinem toten kalten Kind dort gesessen haben, als die Tür aufging und ein Mitarbeiter des Krankenhauses dort erschien. Man musste Adriano sein Kind fast mit Gewalt aus den Armen reißen. Er wollte es nicht hergeben.

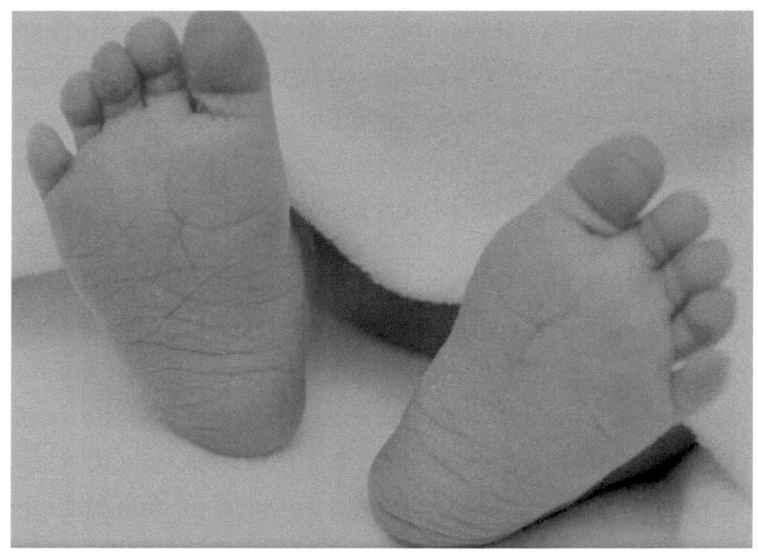

Nur die Aufforderung, dass er jetzt einen Arzt sprechen könne, der ihm Genaueres zu sagen vermöge, ließ ihn erwachen. Er wollte mehr wissen. Der Arzt war aber noch nicht da, so dass man Franca einen Tee und Adriano einen Kaffee brachte, um Zeit zu schinden. Als der Arzt endlich eintraf, konnte er nur bestätigen, was Franca verstanden hatte. Der Kinderarzt hat ein Medikament für Erwachsene aufgeschrieben oder die Apotheke hat ein falsches Medikament ausgegeben. Adriano hatte genug gehört. Er und Franca fuhren zum Kinderarzt und konfrontierten ihn mit der Sachlage. Bevor er antworten konnte, hatte er Adrianos Faust im

Gesicht. Wenn Franca ihn nicht zurückgehalten hätte, hätte er mehrfach zugeschlagen. Der Arzt bestritt alles und die Apotheke auch. Mit den fehlenden Sprachkenntnissen und in der tiefen Trauer, die beide nun zu bewältigen hatten, verlief alles im Sande. Sie wussten sich nicht zu helfen. Adriano arbeitete nicht mehr in der Pizzeria und Franca konnte sich auch lange nicht aufrichten bis keine Mark mehr vorhanden war und sogar die Pacht für drei Monate ausstand. Sie war es, die als Erste als Bedienung in einem Eiscafe anfing. Hier sprach man Italienisch und man kannte ihr Leid. Einen Monat später nahm auch Adriano als Kellner in einem Restaurant eine Stellung an. Sein Leben geriet total aus den Angeln. Jetzt kam er noch weniger abends nach Hause. Spielcasinos, Discos und Frauen waren seine Ablenkung. Der Tod begleitete schon lange sein Leben. Dachte er doch, dass zuerst seine leibliche Mutter, dann seine beiden Adoptivmütter, dann sein Adoptivvater und nun seine Tochter ihm genommen wurden. Er wollte leben, so lange es ging und so gut es ging.

Wer weiß, was die Zukunft mir noch bringen wird dachte Franca, vielleicht können wir Krisen als Chancen verstehen, die uns auffordern etwas in unserem Leben zu verändern, auch wenn wir vielleicht noch nicht wissen wie? Sie wollte einen Neuanfang mit Adriano und so kämpften sich beide durch die Trauer hindurch in ein scheinbar neues Leben. Sie hatten genug Erfahrungen im Gaststättengewerbe gesammelt und trauten sich zu ein Restaurant zu eröffnen. Leider hatten sie nicht die Möglichkeit, aufgrund ihrer Lebensweise, einen Kredit von einer Bank aufzunehmen und mussten über andere Wege an ihr Ziel kommen. Eine Brauerei und ein anderer italienischer Gastwirt unterstützten das Unternehmen, aber nicht im Sinne der Nächstenliebe, sondern hatten hohe Forderungen. Die monatlichen Rückzahlungen waren kaum zu schaffen.

Das Restaurant wurde viel von jungen Leuten besucht und brachte monatlich gut etwas ein, wenn nicht die hohen Forderungen zu begleichen gewesen wären. Adriano nahm ein Angebot zweier Napolitaner an, die ein Pelzgeschäft ausrauben wollten und kam so ins Visier der Polizei. Man unterstellte ihm noch einige Verbrechen, die er aber nicht begangen hatte, und er kam erst einmal in Untersuchungshaft. Ein italienischer Geschäftsmann wollte Adriano das Handeln mit falschen Pässen anhängen, um sich selbst zu schützen. Man bedrohte Adriano in der Untersuchungshaft, wenn er die Schuld nicht auf sich nehmen würde, könnte seine Frau es zu spüren bekommen. Das Schicksal meinte es aber gut mit Adriano und der Geschäftsmann wurde aufgrund neuer Delikte verhaftet und die Angelegenheit ruhte erst einmal. So dachte zumindest Adriano, der dann nach 3 Monaten aus der Untersuchungshaft entlassen wurde. Schon nach vierzehn Tagen in der Freiheit, überfiel man ihn und schlug ihm fast ein Auge aus. Denkzettel hieß es, du weißt schon warum. Der Geschäftsmann musste für mehrere Jahre ins Gefängnis. Drogen, Passfälschung, Geldwäsche wurden ihm zur Last gelegt.

Adriano hatte die Zeit im Gefängnis gut getan, in dem Sinne, dass er viel Zeit zum Nachdenken hatte. Neue Vorsätze wurden gefasst, die ihn und seine Frau betrafen. Er wollte das Restaurant zu einem guten Ruf verhelfen, in dem er einen erstklassigen Koch engagieren würde, sobald er das Gefängnis verlassen kann, dann mit seiner Frau wieder ein Kind zu haben wäre gut für beide und keine krummen Geschäfte mehr.

Ein guter Koch wurde engagiert, sobald er in Freiheit war und ein Kind war auch schnell unterwegs. Er wollte Franca treu bleiben und ein richtiger Familienvater werden. Hatte seine Frau doch immer zu ihm gehalten, egal was auch war. Gute Vorsätze!

Es kam wieder ein Mädchen zur Welt und sie nannten es auch Maria, wie das erste verstorbene Kind. Dieses Mädchen ähnelte dem ersten Kind sehr im Aussehen und auch im Verhalten. Adriano war auch sehr stolz auf dieses Kind. Seine Vorsätze waren für ihn aber sehr schwer umzusetzen. Immer wieder konnte er nicht von den Frauen lassen. Das Spielcasino war für ihn auch ein richtiger Anziehungspunkt. Ein teures Auto wurde gekauft, weil er den Frauen imponieren wollte, Rechnungen wurden nicht bezahlt und ein Caos drohte auszubrechen. Noch immer war Adriano in seinem Leben nicht angekommen. Wie alt musste er noch werden?

Franca konnte es kaum ertragen. Sie spürte, dass Adriano andere Frauen hatte und ihre Angst, dass diesem Kind wieder etwas passieren könne und er wäre wieder unterwegs, steigerte sich von Tag zu Tag. Sie sprach mit ihrer Mutter darüber und die hatte eine gute Idee. Ihre Mutter meinte, dass sie nach Amerika, nach New York, auswandern sollten. Ein Verwandter war dort Bodenverleger mit eigener Firma und sie könnten dort neu beginnen. Neue Sprache, neue Menschen, neues Leben. Nachdem die Schulden horrend gestiegen waren und die Schließung des Restaurants drohte, verkauften sie wiedermal ihre Möbel und saßen im Herbst 1978 im Flieger nach Amerika. Sechs Koffer hatten sie dabei, die alles beinhalteten, was sie hatten. Ihr ganzes Leben in sechs Koffern und 5000 Dollar, die für den Anfang reichen mussten. Die ersten vier Monate lebten sie im Gästezimmer des Onkels und Adriano ging jeden Tag mit dem Onkel in fremde Häuser und Wohnungen, um Böden zu verlegen. Was für ein Job für Adriano, dem es schwer fiel die neue Sprache zu erlernen, wo er gerade erst einmal richtig Deutsch gelernt hatte. Eine kleine einfache Wohnung mit gebrauchten Möbeln war dann die 2. Station in New York und es gab auch noch eine 3. Station. Mittlerweile war Adrianos Sohn geboren worden, der den Namen Lucas erhielt. Ein kleiner Draufgänger wie sein Vater. Lucas lernte früh Gitarre spielen und hatte eine schöne Gesangsstimme. Maria ging zur Ballettschule. So machte man es in New York, wenn man dazugehören wollte. Aber sie merkten schnell, dass sie nicht dazugehören würden, nicht in Deutschland und nicht in Amerika. Sie waren immer noch nicht angekommen im gemeinsamen Leben.

Als Adriano fünfzig Jahre wurde, fasste er einen neuen Entschluss. Im Alter wollte er in seiner Heimat leben und seine Ursprungfamilie suchen. Also ging es abermals daran, alles zu verkaufen und mit wenig Geld in die Heimat zu fliegen. Diesmal zu viert und mit acht Koffern.

Zurück in Messina kamen die Vier vorerst bei Verwandten unter und suchten nach neuen Spielfeldern. Maria war erwachsen und Lucas war auf dem Weg dorthin. Eigentlich wollte Maria in Amerika bleiben, bei ihren Freunden und Verwandten. Aber das ließen die

Eltern nicht zu. Die ganze Familie sollte zurück in das Land der Ahnen. Lucas war auch nicht begeistert davon seine Brücken abzubauen und in einem ihm fremden Land wieder aufzubauen. Für ihn wäre es aber als Mann einfacher als für Maria. Junge Mädchen wurden in Sizilien von der Familie sehr behütet. Das Leben unterschied sich sehr zum Leben in Amerika. Die Uhren liefen langsamer, Geld war noch wichtiger und Frauen hatten weniger Rechte. Schnell hatte Adriano wieder das Gefühl des Gockels in Messina entwickelt. Der Mann hatte alle Rechte und die Frau musste sittsam sein und nach den Regeln der Tugend leben. Der Ruf konnte schnell dahin sein. Maria musste noch gut verheiratet werden und das ging nur als Jungfrau. Also passen alle Familienmitglieder auf Maria auf. Man wollte sehen, ob sie die Amerikanischen Sitten angenommen hatte und auslebte.

Adriano arbeitete wie in seiner Jugend wieder bei seinem Schwager, Franca arbeitete in einem Restaurant und Maria fing ein Studium an. Lucas lebte so wie sein Vater früher in den Tag hinein und konnte sich noch nicht entscheiden, was er so machen wollte. Nach einem knappen Jahr lernte Maria auf der Uni ihren späteren Mann kennen. Jetzt hatte die Familie noch mehr zu tun. Sie holten Maria jeden Tag von der Uni ab, damit sie nicht allein mit ihrem Freund sein konnte. Wusste man doch genau, wie man es anzustellen hatte. Adriano konnte sich hier in Messina nicht so frei bewegen wie früher. Jetzt hatte er Francas Familie, Lucas und Maria immer an den Fersen kleben. Er musste seinen Vorsatz einhalten, ob er wollte oder nicht. Guter Familienvater, guter Ehemann.

Er nahm seine Suche nach Vater und Mutter wieder auf. Es brannte in ihm wie Feuer, was gelöscht werden musste. Er wollte Gewissheit haben über seine Herkunft. Wer war er wirklich? Zu wem gehörte er? Hat er Geschwister? War die Familie arm oder reich? Er sprach mit vielen Menschen darüber, um neue Wege zu finden. Ein Weg war das Internet. Es erleichterte nunmehr die Recherche. Überall hinterließ Adriano seine Spuren, so dass man über viele Worteingaben wie Militär in Messina in Kriegszeiten, oder Militär aus dem Norden nach dem Krieg, über Sizilien nach dem Krieg, wie finde ich meine Angehörigen, ausgesetzter Junge, Findelkind und vieles mehr zu ihm finden konnte.

Er hoffte, dass irgendwann mal jemand auf die Idee käme etwas zu posten, was ihn dann über andere Wege zu den Eltern führen würde. Immer wieder kam ihm der Gedanke wessen Kind er wohl ist.

Als der alte Bernadetto, der leibliche Großvater des Adriano, auf dem Sterbebett lag, traute er dem dazu geholten Padre das Geheimnis des kleinen Adriano an mit der Bitte, es vertraulich zu behandeln und erst nach seinem Tod nur dem Standesamt von Messina die Informationen zukommen zu lassen. Jahrelang ließ ihn dieses Problem nicht los. Hatte er richtige gehandelt, als er von seiner Tochter verlangte, dass sie die Schwangerschaft geheim halten und den Jungen direkt nach der Geburt abgeben sollte. Die Zeiten hatten sich geändert. Heute wäre das nicht mehr so ein großes Problem gewesen. Bernadetto hatte damals nach gut drei Monaten seine Tochter Lucia auf eigenen Wunsch auf das Olivengut, 60 km entfernt von Messina, zum Arbeiten geschickt. Er wollte sie zuerst nicht mehr sehen. Sie kümmerte sich um die kleineren Kinder des Gutsherrn. Immer, wenn sie das Neugeborene der Gutsherrin in ihrem Armen hatte, musste sie ihre Tränen verbergen. Als Paolo, der Vorarbeiter des Gutes, eines Tages um Lucias Hand anhielt, beruhigte sich Bernadetto etwas und gab seiner Tochter eine Chance. Die beiden bekamen nur eine Tochter. Weitere Kinder wurden ihnen nicht geschenkt. Sie führten eine normale Ehe mit Höhen und Tiefen und blieben weiterhin auf dem Gut, um dem Gutsherrn zu dienen. Lucia war weiterhin für die Kinder zuständig und ihr Ehemann für die angestellten Arbeiter auf der Plantage. Sie hatten ihr Auskommen und dachten nicht daran, in die Stadt zu ziehen, um ein anderes Leben zu führen. Es wäre für Adriano einfach gewesen, seine Mutter zu finden, hätten Bernadetto und Lucia nicht so lange geschwiegen.

Jede Woche saß Adriano vor seinem Computer und suchte nach Fakten. Auf einmal hatte er seinen langersehnten Wink. Ein Mitarbeiter des Standesamtes hatte die Geburt aufgenommen und digitalisiert. Am 29. Dezember 1946 war ein Adriano Lucca in Messina geboren worden. Mutter Lucia Lucca, Vater unbekannt. Weitere Recherchen ergaben, dass diese Lucia Lucca verheiratet war und eine Tochter zur Welt gebracht hatte. Er hatte eine Halbschwester. War es nun richtig, sich mit dieser Halbschwester in Verbindung zu setzten. Brachte er damit eine weitere Welt zum Einstürzen? Seine Mutter lebte nicht mehr, aber vielleicht gab es Hinweise auf seinen Vater, die in den Händen der Halbschwester lagen. Er nahm Kontakt auf und wurde herzlich empfangen. Isabella, seine Halbschwester hatte sich immer Geschwister gewünscht und war deshalb Adriano gegenüber sehr offen. Sie erzählte ihm, dass ihre Mutter ihr nach dem Tod ihres Vaters von einer großen Liebe in ihrer Jugend erzählte.

Niemals hatte Lucia ihre erste große Liebe vergessen und musste immer wieder an ihren Sohn Adriano denken. Was wohl aus ihm geworden sein mag, dachte sie immer wieder. Vielleicht war Adriano deshalb sein ganzes Leben auf der Suche nach Heimat. Eine Heimat hatte er nur für wenige Jahre bei seiner ersten Adoptivmutter gehabt. Immer wieder hat er die Liebe der Frauen gesucht auf der Suche nach der Liebe seiner richtigen Mutter. Seine Seele hat es ihm immer wieder gesagt, aber er verstand es nicht. Erst als er seine Halbschwester kennenlernte, die ihm viel von der Mutter erzählte, konnte er sowas spüren, wie ein Aufgehen der Sonne in sich. Es wurde ihm warm ums Herz, als er Bilder von ihr sah und eine gewisse Ähnlichkeit mit ihm erblickte. Seinen leiblichen Vater konnte er nicht ausmachen. Er war wie verschollen. Hatte er doch Lucia ein falsches Leben von sich gezeigt und dadurch zwei Menschen in ein ungewisses Leben geschickt. Adriano konnte sich nur vorstellen, dass er nach seiner Militärzeit das Land verlassen haben musste. Sonst hätte er irgendwann im Zeitalter des Internets eine Spur gefunden. Seine Mutter zu finden war für ihn auch wichtiger, hatte er sie doch zeitlebens vermisst.

Doch das Schicksal hatte noch etwas zu klären. Eines Tages bekam Adriano ein Schreiben eines Anwalts aus Mailand. In dem Schreiben stand, dass Adriano Abruzzo im Alter von siebenundneunzig Jahren vor einem Jahr in einem Pflegeheim in Mailand verstorben ist und keine direkten Nachfahren mehr leben würden. Das kleine Erbe sollte an den rechtmäßigen noch verbliebenden Erben gehen. Die Ehefrau und seine beiden Kinder waren noch vor ihm verstorben. Seine Brüder und Schwestern hatten zwar Kinder hinterlassen, aber die hatte Adriano Abruzzo enterbt, weil sie sich nicht um ihn gekümmert hatten in den Jahren, die er sie dringend benötigt hätte. Ein Teil seines kleinen Vermögens war für die Pflege im Pflegeheim draufgegangen, aber ein kleines Haus in Mailand war noch vorhanden. Der Anwalt musste auch erst Nachforschungen betreiben, bevor er den Erben finden konnte. Hätte der alte Bernadetto das Geheimnis nicht doch noch preisgegeben und hätte es das Internet noch nicht gegeben, wäre Adriano nie gefunden worden.

Adriano nahm Kontakt mit dem Anwalt auf und flog drei Tage später mit seiner Frau nach Mailand. Das kleine Haus enthielt noch alle persönlichen Dinge des Verstorbenen und auch Dokumente aus der Militärzeit in Sizilien. Auf einem Foto waren zwei Soldaten und zwei junge Frauen zu sehen. Eine Frau war Lucia, seine

Mutter und ein Soldat war sein Vater. Adriano war kaum überrascht, als er feststellen musste, dass er seinem Vater sehr ähnelte. Er hatte zwar auch was von seiner Mutter, aber die Nase und die Augen waren auf jeden Fall von seinem Vater. Wenn er den Namen Adriano näher unter die Lupe genommen hätte, dann hätte er erfahren, dass der Name eine gewisse Bedeutung beinhaltet: Der aus der Region Adria stammende! In dieser Region war sein Vater geboren und später nach Mailand gezogen, um dort mit seiner Frau zu leben.

Nun war alles stimmig. Im Kreise seiner Ahnen endlich aufgenommen und bestätigt. Nicht mehr der Adoptivsohn von Giuseppe, sondern der Sohn von Adriano Abruzzo. Er hätte den Namen des leiblichen Vaters annehmen können, was er aber nicht wollte. Jetzt nicht mehr.

Mit seiner Halbschwester, die Tochter seiner Mutter Lucia, hatte er nun schon einige Jahre Kontakt und nun hatte er wenigstens noch etwas von seinem leiblichen Vater erfahren. Wenn er denn auch schon verstorben war, so war sein Hab und Gut, was er seinem direkten Nachfahren überschrieben hatte, doch irgendwie ein Lebenszeichen. Der Anwalt hatte viele Nachforschungen betreiben müssen, um Adriano zu finden und wollte sein

Honorar dafür. Aus dem Verkauf des Hauses konnte alle noch offenen Rechnungen beglichen werden und es blieb auch noch etwas für Adriano über. Mit Franca besuchte er die Ruhestätte seines Vaters. Eine in einer Betonwand eingelassene Urne war alles, was sie vorfanden. In Italien ist es oft üblich kleine Häuschen mit einzelnen Fächern zu bauen. In diese Fächer werden dann die Urnen platziert und mit einer Platte verschlossen. Zuerst kam bei Adriano Groll auf, als er so vor dieser letzten Ruhestätte stand. Von Minute zu Minute legte sich aber der Groll und Zorn und er fing an zu weinen. Laut rief er: „Warum nur Vater, warum? Hättest mir doch so viel Leid ersparen können. Wäre ich doch niemals geboren worden. Hättest du Lucia doch niemals geschwängert." Er ließ sich auf die Knie sinken und wirkte wie ein Häufchen Elend. Es war nicht nur die Trauer, die über den Vater, den er nie kennenlernen durfte. Es war die Trauer um alle Menschen, die er liebte, die gegangen waren. Immer wieder musste er Verluste aushalten. Sollte das denn niemals enden. War er das schwarze Schaf in seiner Ahnenreihe? Warum musste gerade er immer solche Erfahrungen machen? War er mit einem Fluch belegt? All diese Fragen ließen ihn lange nicht los.

„Für die einen den Stock und für die anderen die Karotte!"

"Per gli uni il bastone e per gli altri la carota!"

In den nächsten Monaten wuchs eine gewisse Zufriedenheit. Eine Zufriedenheit viele Dinge aufgeklärt zu haben. Irgendwie fühlte er sich am Ziel seiner Reise. Mit Franca unternahm er eine Reise nach Deutschland, um alte Freunde zu besuchen, dann ging es von da aus nach Amerika. Ein Gefühl sagte ihm, dass er die Länder und die Menschen, die er mal seine Freunde nannte, noch einmal sehen wollte. Franca und Adriano hatten einige schöne Wochen zusammen und mussten sich wegen der Reisekosten keine Gedanken machen. Sie hatten noch einiges aus dem Verkauf des Hauses für solche Aktivitäten. Nach vier Wochen ging es wieder zurück in die Heimat. Ausgeruht und ausgeglichen!

Die Zufriedenheit währte aber wiedermal nicht lange und Franca musste die Familie verlassen. Ihre Zeit war gekommen. Still und friedlich durfte sie die Erde verlassen. Franca war ihm immer eine treue Frau und Freundin gewesen. Irgendwie kamen beide immer wieder auf die Füße, wenn ein Sturm sie umwehte. Eine romantische Liebe war es aber nicht, irgendetwas fehlte. War es die Seelenverwandtschaft die den beiden fehlte oder war er der Liebe nicht fähig?

Kaum ein Jahr verging und Adriano ließ schon wieder seine Blicke schweifen. Es wäre noch früher gewesen, wenn er nicht diese letzte gute Zeit mit Franca hätte genießen können. Vielleicht war es aber auch die Familie, die so um Franca trauerte und ein früheres Gockeln nicht akzeptiert hätte. Julietta, die zehn Jahre jüngere Witwe eines Freundes fand er schon immer anziehend. Sie sah noch immer gut aus mit ihrem vollem schwarzen Haar und der jugendlichen Figur. Jeden Morgen ging sie im Meer schwimmen und Adriano, fand

Schwimmen auf einmal für seinen Körper so wichtig und kam immer öfter zur gleichen Zeit zum Meer. Julietta machte es ihm nicht leicht. Sie kannte Adriano und sein schicksalhaftes Leben. Irgendwie zog er den Tod an und mit der Treue nahm er es nicht so genau. Sein Ruf eilte ihm immer voraus. Geschickt fädelte er ein Treffen auf einem Geburtstag einer gemeinsamen Bekannten ein und so konnten sie nun im Kreise der Gäste ohne irgendwelche Anstandsregeln, die auch für ältere Personen in Sizilien gelten, einen schönen Abend miteinander verleben. Adriano ging beschwingt nach Hause. Er hatte bemerkt, dass Julietta nicht abgeneigt war ihn wieder zu treffen. Am nächsten Morgen war erst einmal wieder das gemeinsame Schwimmen. Einige ältere Männer und Frauen waren immer anwesend, um auch ihre Bahnen zu ziehen. So hatte die Angelegenheit einen festen Boden.

So nach und nach entwickelten sich aber doch bei beiden Schmetterlinge im Bauch und sie trafen sich zum Kaffee im Nachbarort oder gingen an verlassenen Orten spazieren, um nicht auf bekannte Gesichter zu treffen. Sie entdeckten immer mehr Gemeinsamkeiten, erzählten von ihren Erfahrungen und Erlebnissen in ihrem Leben und von ihren Träumen. Sie vereinbarten eine Reise nach Rom zu unternehmen, um sich besser kennenzulernen. Für Julietta war es wie eine Reise in die

Flitterwochen. Hatte sie bis dahin doch nur ihren Ehemann gekannt. Für Adriano war es ein Abenteuer wie so viele andere in seinem Leben. Nur die Schmetterlinge waren irgendwie neu. Nach der gemeinsamen Woche in Rom, beschlossen beide zu heiraten. Nur so zusammenleben in Sizilien wäre nicht möglich gewesen. Es sollte für beide ein Leben im Ruhestand sein. Gemeinsam wollten sie ihre letzten Jahre genießen. Als verlobtes Paar kamen sie wieder nach Messina und planten in vier Monaten die Hochzeit. Sie konnten sich nicht mehr so viel Zeit lassen. Die Jugend war dahin und das Greisenalter nicht mehr so fern. Juliettas Freunde und Kinder rieten ihr ab von dieser Heirat. Adriano war ein Adoptivsohn und hatte nur Mist gebaut in all den Jahren. Er hatte aber auf der anderen Seite ein gutmütiges Herz und war nicht so knöchern wie die anderen Männer in seinem Alter. Er war witzig und neugierig und auch noch attraktiv. Sicherlich dachte sie auch über den Altersunterschied nach. Vielleicht müsste sie ihn sogar noch pflegen. Eigentlich wollte sie nie wieder heiraten, aber es war zu spät. Die Herbstliebe blühte.

Wiedermal fühlte sich Adriano angekommen. Die ersten dreißig Jahre seines Leben waren alles andere als einfach. Die nächsten dreißig Jahre waren schon etwas ruhiger und harmonischer und nun sollten weitere Jahre in Liebe und Frieden folgen. Das hatte er sich verdient. Jetzt sollte das Leben erst richtig beginnen. Aber wieder einmal sollte es anders kommen.

Adriano war immer ein starker Raucher und Kaffeetrinker. Seit Jahren machte ihm sein Magen Schwierigkeiten und ein leichter Husten stellte sich sein. Ein echter Mann geht nicht zum Arzt war immer sein Schlagwort, wenn man ihn darauf ansprach. Doch eines Tages mit knapp siebzig Jahren, fiel er einfach so um. Zuviel Kaffee am Tag ließ sein Blutdruck in die Höhe steigen, so dass er einen Herzinfarkt erlitt. Julietta fand ihn auf dem Fußboden liegend. Er atmete nur noch schwach. Die Rettung brauchte mehr als zwanzig Minuten und Adriano wurde in das Krankenhaus gebracht, in dem auch seine beiden Adoptivmütter verstarben. Er wollte aber nicht dort in einem Kasten herausgetragen werden und kämpfte sich zurück ins Leben. Leider brachte er nicht viel Weisheit aus dem Krankenhaus mit nach Hause und lebte sein Leben wie immer. Alle Maßregelungen der Ärzte waren vergessen und so musste es kommen, dass er vier Monate später mit einem Schlaganfall erneut in einem Krankenbett auf der Intensivstation landete. In seinen Träumen lief sein ganzes Leben an ihm vorbei und er sah seine Geburt und ein kleines Kind im Weidenkorb vor einer Kirche. Viele Bilder zeigten sich gleichzeitig vor seinem inneren Auge.

Messina - Jl Duomo

Er sah den Dom in Messina, als er dort abgelegt wurde und gleichzeitig sah er den Dom, wie er 1922 aussah, als sein Großvater und seine Großmutter dort getraut wurden, obwohl er weder den Dom so gesehen hatte, noch seine Großeltern kannte.

Er sah seine Mutter und seinen Vater Hand in Hand am Meer entlang laufen in der Zeit, als sie sich gerade kennengelernt hatten, er sah seinen Adoptivvater mit seiner ersten Frau, der lieben Maria und dann, liefen ihm wie ein Film so einige Verfehlungen, die er in seinem Leben begangen hatte, vor dem inneren Auge ab und er spürte Reue. Ein ganz neues Gefühl. Reue kannte er bisher noch nicht.

Dann änderte sich die Situation und es wurde ganz hell um ihn herum und er hatte den Eindruck viele Menschen, die er mehr oder weniger kannte, stehen an seinem Bett. Eine Person hält seine Hand. Es ist seine leibliche Mutter, die ihn begrüßt, seine erste Tochter Maria, Franca seine Frau, sein Vater, sein Adoptivvater, seine Adoptivmütter und viele andere Personen. Adriano erhob sich und ging mit allen Personen ins Licht aus dem sie gekommen waren. Eine neue Station in einer neuen Dimension seines Lebens. Der Tod hatte keine Form und keinen Namen. Der Tod war nur das Hinübergehen in eine andere Dimension, ein Hinübergehen durch den Vorhang. Der Tod, der ihn das ganze Leben begleitete hatte, hatte seinen Schrecken verloren. Seine Lieben waren alle wieder da. Sie freuten sich, ihn in die Arme schließen zu können. Sein leiblicher Vater sagte ihm, dass es ihm leid täte, ihn und Lucia allein gelassen zu haben. Er wäre nie richtig zur Ruhe gekommen. Immer wieder wären seine Gedanken zu den beiden gewandert. Da er aber schon eine Familie hatte, für die er auch Verantwortung trug, konnte er keinen Kontakt aufnehmen. Ich habe mich gefreut, dass du ein Foto von mir über deinen Kaminsims aufgehängt hast. Daneben war das Foto von Lucia, deiner Mutter.

Nach meinem Tod habe ich dich des Öfteren aufgesucht. Ich war auch erfreut meine beiden Enkel zu sehen. Du siehst, sterben ist nur ein Dimensionswechsel. Hier wird einem bewusst, was man im Leben hätte anders machen können. Hier darf man reifen. Auch du hast hier eine Lernaufgabe. Du wirst sehen, was du in deinem Leben hättest besser machen können. Du wirst sehen, wie du mit deinem Verhalten Menschen enttäuscht hast.

Adriano nahm die Hand seines Vaters und die Hand seiner Mutter. Groll war nicht mehr da. Er fühlte nur noch Liebe.

Das ausgesetzte Kind wurde aufgenommen in die Reihe der Ahnen.

„Besser spät als nie!"

„Meglio tardi che mai!"

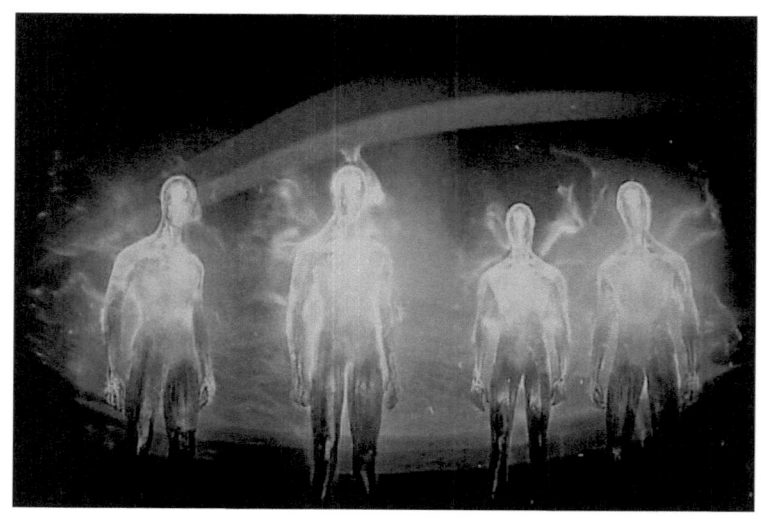

Nachwort:

Ein weiteres italienisches Sprichwort:

„Lass dich vom Leben überraschen!"

„Lascia che la vita ti sorprenda!"

Aber glauben Sie mir, solche Überraschungen möchte niemand!

Herstellung und Verlag:
BoD – Books on Demand, Norderstedt
ISBN: 9783750498730